Me Alegra Ser Yo

Entrelazando el Hilo de Amor de Generación a Generación

Por Sheila Aron

Ilustración por Charlotte Arnold
Traducido al español por mi amigo, el Dr. Enrique VanSanten

EAKIN PRESS • Waco, Texas

FIRST EDITION
Copyright © 2008
By Sheila Aron
Published in the United States of America
By Eakin Press
A Division of Sunbelt Media, Inc.
P.O. Box 21235 • Waco, Texas 76702
email: sales@eakinpress.com
: website: www.eakinpress.com :
ALL RIGHTS RESERVED
1 2 3 4 5 6 7 8 9
EAN 978-1-935632-17-7
ISBN 1-935632-17-5

Dedicación

En memoria de mi querido hijo, Matthew.
A mis padres, Lena y León.
—Sheila Aron

Para mi querida madre, Gloria,
que vivió para ver a su cuarta generación
y Donovan y Lorna
fueron inspiración para la ilustración.
—Charlotte Arnold

Amor, es como un hilo que teje y entrelaza.
    Amor deja memorias que duran para siempre.

Amor puede compartirse en cualquier momento y en cualquier lado,
    Amor demuestra lo mucho que aprecias.

Amor es la clave de lo que puedes alcanzar a ser,
    Amor hace que pienses *"me alegra ser yo."*

Amor se puede compartir desde el momento que te despiertas.

*Buenos días, **te amo**.*

Siempre me haces sentir feliz.

*Cuando estoy contigo...**me alegra ser yo**.*

...cuando has logrado lo mejor
que puedes.

Te admiro por tu esfuerzo.
Hiciste todo lo que pudiste y eso es una
de las razones de amarte.

...cuando estas triste.

¿Puedo ayudarte?

Cuando yo me siento triste, yo necesito hablar con alguien en quien confio.

Te amo. Y siempre estaré aqui cuando me necesito.

...cuando has ayudado.

Que considerado has sido.
Tus obras de bondad hacen que
yo te ame *aún mas.*

...cuando tienes timidez.
Te comprendo. Muchas veces
yo también me siento tímido.
Te amo como tu eres.
Me alegra como eres tu y
me alegra ser yo.

...cuando te estas divirtiendo.

Adoro el dulce
sonido de tu risa.
Por ti...
me alegra ser yo.

...cuando tienes miedo.

Juntos podemos confrontar

nuestros temores.

Nuestro amor *nos ayuda*

a ser fuertes.

...cuando necesites un amigo.

Tu eres todo lo que debe ser un amigo—
  bondadoso, considerado, afectuoso y divertido.
Te amo y valoro tu amistad.
Teniendote a mi lado....

...cuando vayas
a la escuela.

Escucha, pregunta,
  aprende y riete.
Goza tu día y acuerdate que .
yo te amo mucho.

...cuando no estamos de acuerdo.

Hablemos e intentaremos ver nuestros diferentes sentimientos. Platicando nuestros problemas nos ayuda a solucionarlos.

Aún cuando no estamos de acuerdo...
adoro estar contigo.

...cuando trabajamos juntos.

Gracias por tu ayuda.
Trabajando o jugando,
adoro *estar* **contigo***.*

...cuando tu estas siendo tu.

Yo te amo.

...cuando no te sientes amado.
El amor es para todos, sobretodo para ti.
El amor comienza queriendote a ti
mismo y yo también **te amo**.

¿Como puedes demostrar el amor
a ti mismo?
Diciendote "**Me alegra ser yo**."

...cuando llega el momento de decir "Adios."

Si estamos juntos o separados,

yo te amo.

Siempre estaras en mi corazón y en mis pensamientos.

Cuando pienso en ti...

me alegra ser yo.

...cuando te hablo en mala
y fea forma.

Siento haberte gritado.

Por favor perdoname.

Hay veces que decimos palabras que pueden doler.
Aún **te amo** y siempre te amaré.

...cuando estas orgulloso.

¡Tú lo pudiste! Yo supe que podias.
Te amo y estoy orgullosa de ti
hoy y siempre.

...cuando tu día ha terminado.

Hablemos de todo lo que hicistes hoy.
Te amo y por eso, todo lo que haces
es importante para mi.

...cuando es la hora de ir
a la cama.

Gratos sueños.

Buenas noches, **te amo**.

Yo tambien **te amo**.

"*Me alegra ser yo.*"

Ojala el hilo del amor continue entrelanzando de generación a generación.

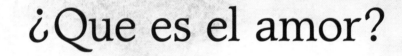

¿Que es el amor?

¿Como se siente ser amado?

¿Quien te hace sentir ser amado?

¿Como compartes tu amor?

¿Que le dices a alguien que le amas?

¿Haz ayudado a alguien ultimamente?

¿Que sientes al haber ayudado?

¿Como sabes que puedes confiar en alguien?

¿Puedes confiar en todo el mundo?

¿Como demuestras el amor a ti mismo?

¿Que palabras de amor te dices a ti mismo?

Author foto por Zach Tate.

Sheila Aron se inspiró para en escribir esté libro en aquellos personas que han perdido el significado de las palabras "Te amo" como un niño. Me Alegra Ser Yo enseña a los padres lo fácil que es decir "Te amo" a sus hijos. Ella está dando su libro a familias afectadas en Harris County Children's Protective Services, Houston, Tejas, ESCAPE Family Resource Center, Houston, Tejas y ChildBuilders, Houston, Tejas.

www.sheilaaronbooks.com

Charlotte Arnold es una artista profesional / ilustradora que trabaja en Chicago, Entre sus logros está la pintura "Forever Children"- ("Siempre Niños"), que ella creó para recaudar fondos para la Emerald Coast Children's Advocacy Center en la Florida. Ella vive en Naperville, Illinois, con su esposo Bo.

www.charlottearnoldfineart.com